수
양
버
들

# 수양버들

김용택 시집

창비

# 차 례

사랑  010

섬진강 28―물새  011

한 잎  012

새들이 조용할 때  014

봄―생―발산―나비  016

수양버들  017

살구나무  018

스님이  020

아이가  021

색의―마상청앵도  022

그리움  024

풍경  025

폐계  026

세희  029

손톱  032

깊은 밤  035

울어라 봄바람아  036

지리산 호랑이  038

꽃 039

조금은 오래된 그림 한 장 040

집 042

김수영이라면 046

어느날 047

성우에게 048

자화상 050

이순 052

3월 2일 053

3mm의 산문 054

빈 속 056

실천 057

눈이 그린 길 058

지장암 060

달을 건져가네 063

야반도주 064

가뭄 066

구이 067

길 070

두메산골 072

금화 074

그 여자 생각 076

오래된 사진 한 장 077

옥희 079

얌쇠 양반 082

조락으로 가다 084

마을회관 085

진달래꽃 086

오동꽃 087

꿀먹은 벙어리 088

달콤한 사랑 090

앞동산에 참나무야 091

그네 092

2월 094

산중에서 며칠 096

오리 날다 099

하동 배꽃  100
춘설  101
꽃피는 초원에 총 쏘지 마세요  102


시인의 말  106

# 사랑

어둠이 몰려오는
도시의 작은 골목길 1톤 트럭 잡화장수
챙이 낡은 모자를 푹 눌러쓰고
전봇대 밑 맨땅을 발로 툭툭 찬다.
돌아갈 집이나 있는지.

한시도 사랑을 놓지 말자.

# 섬진강 28
물새

희고 고운 모래밭을 걸어 쭈뼛쭈뼛 너는 강물로 가거라.
희미한 발자국이 모래 속에 숨은 바람을 모은다.
바람아, 바람아, 물가에 가지 마라.
작고, 흰 배를 뒤집는 피라미떼들, 햇볕을 쬔다.
천년을 뒹굴어온 모래알 몇개를 허무는 네 발소리를
들으려고
강물은 하루종일 귀를 모으며 흐른다.

# 한 잎

잎을 내리며, 온몸이 출렁거리는 봄이 오겠지.
한 잎 몸을 숨기고 가만히 강물을 내려다보다가
새끼손가락 끝으로 너는 너를 가만히 건드려본다.
네가 일으킨 몇겹 물결은 저 건너 강기슭에 닿아 사라
지고
네 모습은 네 모습으로 다시 돌아와 너를 본다.
너는 너를 보느냐.
저 깊고 깊은 강물 속에 아른거리는 봄을 너는 잡으려
느냐.
온몸이 출렁이는 봄이 오겠지.
흔들리지 않고는 못 배길 숨 막히는 봄이, 네 몸 끝까지
타고 오르겠지.
손을 다오.
빛 좋은 봄날은
바람도 좋다.
한손 끝에 닿는
네 허리살을 헤치고

한 잎 한 잎

또 한 잎

새눈은 튼다.

## 새들이 조용할 때

어제는 많이 보고 싶었답니다.
그립고, 그리고
바람이 불었지요.
하얗게 뒤집어진 참나무 이파리들이
강기슭이 환하게
산을 넘어왔습니다.
당신을 사랑했지요.
평생을 가지고 내게 오던 그 고운 손길이
내 등뒤로 돌아올 때
풀밭을 보았지요.
풀이 되어 바람 위에 눕고
꽃잎처럼 날아가는 바람을 붙잡았지요.
사랑이 시작되고
사랑이 이루어지기까지
그리고 사랑하기까지
내가 머문 마을에
날 저물면
강가에 앉아 나를 들여다보고

날이 새면
강물을 따라 한없이 걸었지요.
사랑한다고 말할까요.
바람이 부는데
사랑한다고 전할까요.
해는 지는데
새들이 조용할 때
물을 보고
산을 보고
나무를 보고, 그리고
당신이 한없이 그리웠습니다.
사랑은
어제처럼
또 오늘입니다.
여울은 깊이를 알 수 없는 강물을 만들고
오늘도 강가에 나앉아
나는 내 젖은 발을 들여다봅니다.

# 봄-생-발산-나비

봄바람이
살랑대는구나.
바람과 햇살, 햇살은
네 몸에서 부서져 튀는 물방울처럼 허공에 찬란한 우
화(羽化)로다.
너는 피어 희고,
내 눈끝은 지진 듯 탄다.
나비, 너는 날개처럼 찬란하고, 눈부시다. 그리고
한세월 눈멀고, 나비로다.
어쨌거나
꽃은,
매화로구나.
봄-순간의 생-경쾌한 발산(發散)-나비

# 수양버들

너를 내 생의 강가에 세워두리.
바람에 흔들리는 치맛자락처럼 너는 바람을 타고
네 뒤의 산과 네 생과 또 내 생, 그리고 사랑의 찬연한
눈빛,
네 발 아래 흐르는 강물을 나는 보리.
너는 물을 향해 잎을 피우고
봄바람을 부르리. 하늘거리리.
나무야, 나무야!
휘휘 늘어진 나를 잡고 너는 저 강 언덕까지 그네를 타
거라.
산이 마른 이마에 닿는구나. 산을 만지고 오너라.
달이 산마루에 솟았다. 달을 만지고 오너라.
등을 살살 밀어줄게 너는 꽃을 가져오너라.
너무 멀리 가지 말거라.
하늘거리는 치맛단을 잔물결이 잡을지라도
한 잎 손을 놓지 말거라.
지워지지 않을 내 생의 강가에 너를 세워두고
나는 너를 보리.

# 살구나무

꽃이 피고
새잎이 돋는
봄이 되면, 그리고
너는 예쁜 종아리를 다 드러내놓고
나비처럼 하늘거리는
옷을 입고 나타나겠지.

한 그루의 나무가 온통 꽃을 그리는
그날이 오면, 그러면
너는 그 꽃그늘 아래 서서 웃겠지.
하얀 팔목을 어깨까지
다 드러내놓고
온몸으로 웃겠지.
나를 사랑하겠지.

봄빛은
돌 속에

숨은 꽃도 찾아낸다.
봄날이, 그렇게 되면
너는 내 앞으로 걸어와
어서 나 좀 봐달라고 조르겠지.
바람 속에 연분홍 꽃가지를 살랑대며
봄바람이 나를 채가기 전에
어서 나를 가져달라고 채근대겠지.

## 스님이

길가에 두꺼비 한 마리가 눈을 감고 가만히 앉아 있습니다. 쪼그리고 앉아 가만히 들여다보니, 두꺼비가 살며시 눈을 떴다가 도로 감아버립니다.

저놈, 무슨 큰 걱정이 있나?

# 아이가

길가에 두꺼비 한 마리가 눈을 감고 가만히 앉아 있습니다. 쪼그리고 앉아 가만히 들여다보니, 두꺼비가 끔뻑끔뻑 눈을 떴다 감았다 합니다.

야, 너 나 아냐?

## 색의
마상청앵도

비, 색색의, 봄비.
수양버들이 비를 맞고 휘늘어졌네.
휘늘어진 가지에 푸른 물 내려오네.
저렇게 휘늘어져 어쩌자는 것이냐. 세상의 푸른 속살
이여!
내 몸 위를 걷는 빗줄기들의 발소리,
귓속이 세세히 열리고, 숨구멍들이 환하게 뚫렸어.
열리는 몸속으로 찾아드는 저 사랑의 속삭임, 한 방울
의 희망과 두 방울의 눈물들.
거리는 음악이고, 그림이고, 영화라네.
봄비는 발소리들, 오! 저 숨소리들, 사랑의 손짓과 몸
짓들,
깔깔거리는 저 놀라운 웃음들.
비는 거리를 바꾼다네. 때리고, 건들고, 스며들고, 적
시고,
땅속에서, 나뭇가지 속에서, 허공에서, 사람들 속에서
죽고 사는 저 캄캄한 싸움들.
제 살을 제가 째는 자해의 고통, 비에 젖은 꽃잎들.

치맛단을 살짝 들어올리는 바람도 보이네.

오! 비, 손을 놓는 비, 푸른 비,

휘늘어진 푸른 버드나무 줄기들을 헤치고 웃는 간지러운

푸른 얼굴들, 때로 튀어오르는 봄비여!

꽃 아래 어여쁜 여인이 있어

천 가지 목소리로 생황을 부네.

시인의 술상 위에 귤 한쌍이 보기도 좋아라.

언덕 위 버들가지 사이로 어지러이 오가는 저 꾀꼬리

보슬비 자욱이 끌어다가 봄 강에 비단을 짜네.*

작은 웅덩이, 빗방울들이 파문을 일으키며 그대를 향해 자금자금 걸어가네.

하얀 맨발의 저 여인,

내 몸과 생각의 생살을 트는

이 아름다운 봄날,

같은 이불을 들추고 들어가 실버들가지로 나란히 눕고 싶은 색의(色衣), 봄비.

* 김홍도 「마상청앵도」에 있는 시 인용.

# 그리움

오다 말다
창호지 문살에
눈 그림자 스치네.
마음은 천리만리 무심인데
귀는 문밖에 서성이며
눈 맞네.

# 풍경

추호의 망설임도 없다.
무심에 가까운 단호함
극도의 사랑
어머니, 하얀 오리목을
단칼에 내려치다.

# 폐계

강추위가 와도 강물은 얼지 않았다
강추위가 와도 강물이 얼지 않은 것은 강물이 오염되
었기 때문이라며
비 쌍피로 비 띠를 때리며 큰집 형님은 이러면 손핸디,
하며 패를 거두어간다.
벌써 칠피다.
뒷산 밤나무에는 익지 않은 밤송이들이 떨어지지 않고
웅숭그린 새들처럼 산그늘 속에 매달려 겨울을 지내고
있다.
광을 판 이웃 동네 내 동갑내기는 바지춤을 추키며
이런 니기미 좆도 겁나게 추어부네 니미릴, 어치고 되
얐서 시방, 입에다가 욕을 달고
으으으 몸서리를 치며 패 없는 자리에 앉는다.
잔돈이 한쪽으로 몰리고
한쪽이 죽은 열이레 달이 떠오른다.
아버님이 돌아가신 그날 아침 강물이 꽝꽝 얼었었다.
어찌나 추웠던지 얼음장 금가는 소리가

아침까지 산을 울렸고 강기슭이 밤새워 운 어머니 입술처럼 하얗게 부르텄었다.

제사상을 차리고, 영정 속의 잘생긴 아버지는 약간 불만스러운 얼굴이지만 여전히 젊다.

형님이 술을 따른다. 술잔을 올려놓고 아버지를 생각한다.

나 죽으면 국수를 제사상에 차려놓거라. 아버지의 별명은 국수 일곱 그릇이었다.

잔칫집에 가서 국수를 일곱 그릇이나 잡수셨다고 했다.

설이 가까운 아버님의 기일에 동생들은 오지 않는다.

군산 사는 작은누이, 그 아들 둘, 나, 아내, 딸, 그리고 큰집 형님만 절을 한다.

달이 밝다. 허물어진 담과 빈집 지붕 위에 달빛이 누추하다.

오랫동안 나는 강에 가지 않았다.

큰집에서는 결정적일 때 또 누가 싼 모양이다. 어어! 고함소리가 지붕 위로 솟는다.

강추위가 귀때기를 베어가게 추워도 강물은 얼지 않는다. 아침이 오려면 아직도 멀었는데

　돌아눕고 돌아눕는다.

　외풍으로 코끝이 차다.

　달이 지려면 멀었다. 아버님은 헛기침을 하시며

　뒷산을 오르시다가, 달빛 아래 우리집을 한번 돌아다본다.

　빈 집터 닭장에서

　목이 쉰

　폐계(廢鷄)가 운다.

# 세희

꽃 떨어지고 새잎 난다. 아이들이 날리는 저기 저 꽃잎들을 따르고

세희가 달려와 내 손을 잡는다.

따뜻하고 작은 손,

가난은 배고픈 봄날처럼 길고 멀다.

빈손으로 고향을 떠난 지 20년,

아내는 떠나고, 남겨진 어린 두 딸을 버린 고향에다가 버린다.

마을 앞 솔밭 솔잎은 푸르고, 빈 논에 네 잎 자운영은 돈다.

시린 새벽, 잠든 너희들을 깨워 데리고 서울을 빠져나와

잠든 너희들을 두고 고향 마을을 빠져나간다. 솔바람 소리 따라다니던 내 청춘의 강굽이들,

내 어찌 눈물을 감추랴. 한점 꽃잎처럼 살아있던 불빛이 진다. 아! 어머니, 강물에 떨어지는 불빛은 뜨거운 내 눈물입니다. 아버지의 가난은 때로 아름다웠으나, 나의 가난은 용서받을 곳이 없습니다.

무너진 고향의 언덕들, 어디다가 서러운 이내 몸을 비
비랴.

흐린 길이다. 어스름 새벽, 아내와 아이들이 없는 서울
길을 달릴,

아, 초행길처럼 서울은 낯설고 멀기만 하리라. 몽당연
필에 침을 발라 표지가 너덜거리는 공책에 글씨를 쓰던
남루한 네 모습을 내 어찌 지우겠느냐. 이 슬픔과 부끄러
움, 이 비통함과 분노가 내 일생이다.

세희의 손을 꼬옥 쥔다. 손안에 쏙 들어오는 아이의 손
은 어찌 이리 작고도 따사로운가.

꽃잎들이 맨땅을 굴러간다.

세희가 내 손을 놓고

꽃잎을 따라간다. 나는 날마다 꽃잎이 나비가 되어 날
아오르는 환생을 꿈꾼다.

세희의 온기가 남은 내 손바닥을 들여다본다.

온기가, 남은 온기가 나비가 되어

날아간다.

세희야 날아와!

세희야 날아와!

이리 날아오라는, 말이 안 나온다. 꽃 지고 새잎 나는
봄, 어둠속에 떨어진 나뭇가지같이 기가 막힌 나의

이

빈

손.

# 손톱

너무 길어서 깨지고 금간 세희의 손톱을 깎는다.

동네 맨끝 꼭대기에 사는 세희 아버지는 유난히 까만 얼굴이었다.

깎아도, 깎아도 길어나는 손톱처럼

가난은 잘리지 않는다.

세희야, 할아버지와 할머니가 눈이 어두우니

손톱이 길어나면 나더러 깎아달라고 해 알았지?

가는 손가락 끝에서 희게 금이 간 긴 손톱을 자를 때마다

손톱들이 톡톡 튄다.

일요일이 되어도 세희의 일기장에는 아버지와 어머니가 없다.

할아버지와 할머니와 함께 감자밭에 가서 난생처음 감자를 캐고,

손톱 사이에 흙이 끼리라. 아가야, 너는 내게 낯설고, 그러나 나는 네 살이 어디서 만져본 듯하구나.

꾀꼬리가 날아간다.

밤이면, 까만 밤이면

눈을 뜨고

소쩍새 소리를 들으며

왜 이러지, 내가 왜 이러지

세희는 잠을 설친다.

무슨 일인가.

밤에 새가 울다니, 때로 달빛이 창문으로 새어들어 할아버지와 할머니의 주름진 얼굴 위를 지난다. 학교 갔다가 돌아온 반지하방 엄마는 없고 늘 어두웠다.

아버지가 살았던 몇집 안되는 할아버지의 마을, 텅 빈 집들은 무섭고, 산은 검고 밤은 길기만 하다.

학교에 가야지. 나처럼 서울에서 온 아이들과 점점 친해진다. 산도 작은 들도 눈에 들어온다. 아! 저 언덕 푸른 소나무야. 저문 날 밤꽃이 하얗게 핀다.

세희야, 네 아버지를 내가 가르쳤단다. 그런 줄 알고 있니?

세희가 고개를 떨구며 끄덕인다.

바지 주름에 숨은 손톱들을 털어 준다. 흰 손톱 몇개
가 마루틈에 끼였다.

  내 손톱을 집어넣어 손톱을 빼내려 하나 손톱은 점점
더 깊이 빠져든다.

  세희야, 할아버지가 때워놓은 모들이 땅속에서 하얀
뿌리로 어둠속의 흙을 더듬는구나. 몇개의 손톱을 손바
닥에 얹어놓고 허리를 편다. 푸른 산으로 꾀꼬리가 울며
솟구친다.

  세희의 손톱은 어둔 밤에도

  길어난다.

# 깊은 밤

깊은 밤
강가에 나가
담배를 태우다가 마을을 돌아보면
한두 집은 불빛이
새어나온다.

마을은 하루도 깊은 밤이 없는 것이다.

## 울어라 봄바람아


강변을 너무 오래 걸어서
내 발등에는
풀잎이 아닌
이슬이 아닌
꽃잎이 떨어진다.
산을 너무 오래 바라보았는가.
산을 기대고 선 내 슬픈 등을
산은 멀리 밀어낸다.
봄이 와서
꽃들이 천지간에 만발하고
나는 길을 잃었다
너는 어디에서 꽃 피느냐
인생은 바람 같은 것이어서
흩날리는 꽃잎을 뚫고 강 길을 걸어온 것 같구나.
그래도 나는 꽃핀 데로 갈란다.
막히고 허물어지고 사라진
길을 걸어온

슬픈 내 발등을 들여다보며
슬픈 발등을 자꾸 쓰다듬으며
울던 날들,
강변을 너무 오래 걸어서
강변을 너무나 오래 걸어서
내 발등에는
이슬이 아닌
서러운 꽃잎들이
날아와 박힌다.
불어라 봄바람아
울어라 봄바람아

# 지리산 호랑이

할머니는 동네에서 나쁜 일을 저지르는 놈들을 보고
이렇게 말씀하셨다.

"저런 호랭이가 칵 물어갈 놈들! 지리산 호랭이는 저런
놈들 안 물어가고 어디서 뭣 허는지 모르겠다"

지리산에 호랑이가 살 때였다.

지금은 지리산에 호랑이가 없다고 한다. 그렇다고 해서,

지리산에 호랑이가 없다고 해서,

저렇게 나쁜 짓들을 뻔뻔하게 해도 되는 것은 아니다.

세상이 수만번 변해도 지리산은 절대로 없어지지 않는
다는 사실을 알아야 한다.

# 꽃

한점 숨김이 없다 망설임도 없다 꽃은.
꽃잎 속 제 그늘에도 티 한점 없다.
꽃은 호랑이도 살얼음도 무섭지 않다 .
허튼짓이 없으니, 섭섭지도 않고
지는 것도 겁 안난다.

# 조금은 오래된 그림 한 장


산에 오는 눈이
강에 내립니다.

방 안이 환하게 눈이 내리면 나는 이불 속에 엎디어 책을 읽고 아내는 부엌에서 불을 때서 고구마를 삶았습니다. 민세는 손가락에 침을 발라 창호지 문에 구멍을 뚫어놓고 산을 그리며 강으로 내리는 눈송이들을 내다보았습니다. 민해는 오빠가 뚫어놓은 문구멍까지 키가 닿지 않아 문을 열고 쿵쿵쿵 마루를 뛰어다니며 유리창 너머로 눈을 바라보다가 내 방에 와서 내 옆에 두 손으로 턱을 고이고 엎딥니다. 차디찬 민해 발이 내 몸 어딘가에 닿습니다. 나는 차가워서 움찔 놀라고, 민해는 또 방문을 열고 쿵쿵쿵 마루를 뛰어 큰방으로 갑니다. "민해야. 아빠 방 문 닫고 가야지!" 민해는 또 쿵쿵쿵 뛰어와 방문을 쾅 닫고 갑니다. 솥에서는 고구마가 빨갛게 익고 있습니다.

산에 오는 눈이

꽃잎이 되어 강으로 간답니다.

빨랫줄에 빨래들이 하얀 눈을 쓰고 꽁꽁 얼고, 머리깃이 노란 멧새들이 집 근처로 내려와 처마 밑 시래기 줄기에 앉아 시래기를 쪼아먹고 푸른 똥을 쌉니다. 큰눈이 잔눈으로 바뀌었다가, 다시 함박눈으로 바뀌며 차곡차곡 쌓입니다. 세상은 화선지처럼 하얗고 강물은 큰 붓자국처럼 휘휘 굽이돌며 힘찹니다. "민세야, 고구마 다 익었다. 얼른 가져가거라." 민세는 김이 뭉게뭉게 피어오르는 고구마를 들고 방으로 들어오고, 아내는 부엌을 나서며 옛날에 어머니가 하시던 말을 고대로 합니다.
"하따, 눈이 참 재미있게도 온다."

산을 그리는 눈이
강을 그립니다.

# 집

11월 19일

아침에

혼자 일어나다.

신문 보다.

집이 비었다.

거실 불 켜고

빨래 걷고

잠자리 정리하고

방 정리하고

사과 하나 깎아 통째로 다 먹고

물 미지근하게 해서 마시고

고개 오른쪽으로 스무 번

왼쪽으로 스무 번 돌리고

허리 굽혀 오른손은 왼발등 찍고

왼손은 오른발등 찍고

허리 앞뒤로 굽히고 오른쪽 왼쪽으로 돌리고

롤링 오십 번 하다.

육개장 데우고

밥 데우고

냉장고에서

생채 내놓고,

고수 든 생채하고

육개장 한 그릇하고

콩밥 한 그릇하고

다 먹다. 혼자 배부르다.

책보며 밥 먹다가

아내가 생각나다. 아내는 밥 먹을 때 절대 딴짓 못하게
한다.

어제 저녁부터 오늘 아침까지 혼자 집안일 다 했다.

방 거실 부엌 책방 화장실 정리하고

밀고

닦고

빨래하고

책도 보고

시도 생각하고

코미디 프로 중에 '웅이 아부지'가 웃긴다. 혼자도 크게
웃다.

국화차 끓여 병에 붓고

이 닦고

샤워하고

옷 입고, 옷 입다가

누구랑 영화를 보지? 생각하고.

아내는 민해랑 어느 공중을 날고 있을까?

가방을 챙기고

오늘 만날 사람 생각하고

학교 아이들 생각하고

밀린 글 생각하고

설거지는 학교 갔다와서 하고

빨래도 학교 갔다와서 개야지.

가방 들고

여기저기 요곳저곳 차 키 찾고

방을 둘러본다.

가스, 전등, 전화기, 식탁의자 ,

대체로 잘 정리가 되었다. 빈집은 넓다. 아주 넓다.

해 지는 강가에 흰 갈대는 왜 자꾸 어른거리지.

오늘은 거실 햇볕이 저 혼자 해살거리며 놀다가 가겠네.

시 써놓은 것 떠들어보지 마라 잉—.

혼자 현관 문 열고 나가

혼자 허리 굽혀 신 신고

엘리베이터 기다리며 이렇게 혼자 속으로 말한다.

혼자 있으니, 참 조용하다.

말할 이가 없으니

내가 나에게 그렇게 말하고 다시 내가 나에게 이렇게
말한다.

어제 오후부터 지금까지

집이

참 조용했지?라고.

# 김수영이라면

아내와 둘이 마주 앉아 밤늦게 이야기를 하다
눈이 실실 감기고, 아내의 얼굴이 가물가물, 내 고개가
푹 꺾인다.
꿈쩍 놀라 깨고, 사르르 다시 고개가 푹 꺾인다.
여보, 그만 씻고 이 닦고 주무세요.
근데, 그냥 자면 안될까?
시인이 그러면 안되지요?
나 그냥 잘래.
그러면 이만 닦고 주무세요.
거실 텔레비전 옆에 한쪽 턱을 고인 김수영의 구리 브
론즈가 나를 쏘아본다.
나는 아내에게 이렇게 말했다.
여보, 이럴 때 김수영이라면 어떻게 했을까.

# 어느날

구름 한점 없는 허공을 본다. 파란 허공을 올려다보면, 내가 쏙 빨려들어갈 것 같다. 아무리 허공 속이라고 해도 가만히 보면 새, 하얀 날벌레, 비행기, 그리고 먼지들이 무수히 날아다닌다. 나뭇가지들이 세시나 아홉시 열한시, 혹은 한시 십분 또는 그 무수한 시(時)방향으로 뻗어가 있다. 가지 끝, 허공을 채우는 것들, 이른바 날아다니는 것들, 총알이 뜨거운 불을 지르며 날아가는 허공도 있다.

배추잎에 뻥 뚫린 구멍, 느닷없이 치명적인 파편에 맞은, 무수한 구멍들, 우리는 그 구멍 속으로 세상을 드나든다.

# 성우에게

나무의자에 네가 가방을 놓아두고 화장실을 간 동안
나는 네 가방을 열어본다.

담배냄새 밴 가방에 시집 한 권, 시집 모서리에 손때가
묻었다. 시를 읽느냐. 너는 지금도 이렇게 손때가 묻도록
남의 시를 읽느냐. 시집 속에는 나비가 날고 여기저기 꽃
들이 화사하게 만개하는구나. 네가 쥔 시집이, 그 손이,
시를 따라가는 네 눈빛이, 서러워진다. 노랗게 물들인 머
리칼을 날리며 꽃핀 살구나무 밑을 너는 걸어간다. 어머
니 젖가슴같이 축 처진 베가방을 메고 걷는 네 머리에 꽃
가지가 닿아 꽃잎이 떨어진다. 터진 실밥이 보이는 가난
한 네 가방 속에서도 꽃이 가득 피어, 시가 새어나왔으면
좋겠다. 꽃이, 시가, 홀쭉한 네 가방이, 때 낀 네 흰 고무
신이 자꾸 서러워진다. 까닭없을 나이도 아닌데, 나는 지
금 이 느닷없는 서러움의 실마리를 찾지 못하는구나. 찾
지 못한 까닭들이 저렇게 산에 들에, 네 머리 위에 꽃이
되는지도 모르겠다.

날 버리고 떠난 여자의 자리는 꽃잎 한 장 없었다. 아

픈 그 세월, 그 외로움이 꽃이 되었다. 가난 없이 노란 꽃 없다. 고통 없이 피는 흰 꽃 없다. 기다림 없이 붉은 꽃 없다. 성우야, 살구꽃같이 고운 살결을 가진 여자가 옷 다 벗고 네 이불 속으로 들어와 웅크린 네 청춘의 가지들을 곧게 펴리라. 종일토록 꽃피우리라. 시로, 시가, 시만이 하루의 전부였던 나는 너였다.

# 자화상

사람들이 앞만 보며 부지런히 나를 앞질러갔습니다.
나는 산도 보고, 물도 보고, 눈도 보고, 빗줄기가 강물
을 딛고 건너는 것도 보고,
꽃 피고 지는 것도 보며 깐닥깐닥 걷기로 했습니다.

사람들이 다 떠나갔지요.
난 남았습니다.
남아서, 새, 어머니, 농부, 별, 늦게 지는 달, 눈, 비, 늦
게 가는 철새,
일찍 부는 바람,
잎 진 살구나무랑 살기로 했습니다.
그냥 살기로 했답니다.
가을 다 가고 늦게 우는 철 잃은 풀벌레처럼
쓸쓸하게 남아
때로, 울기도 했습니다.

아직 겨울을 따라가지 않은,

가을 햇살이 샛노란 콩잎에 떨어져 있습니다.
유혹 없는 가을 콩밭 속은 아름답지요.

천천히 가기로 합니다.
천천히, 가장 늦게 물들어 한 대엿새쯤 지나 지기로 합
니다.

그 햇살 안으로 뜻밖의 낮달이 들어오고 있으니.

# 이순

내 나이
올해로 이순(耳順), 세상물정 모르는 바 아니나,
시 몇편 써놓고
밖에 나가니
세상 부러울 게 없다.

너희들은,
내가 이렇게 잠시나마
끝없이 너그러워지는 그 이유를 모를 것이다.
내 나이
이순, 살아온 날들을 지우라는 뜻이다.

# 3월 2일


올해도
새 얼굴들이
내 앞에 앉아 있습니다. 2학년이구요
세 명입니다.

나를 바라보는 저 새까만 눈망울들, 새 세상이지요.

나는 그냥 이렇게 살래요.
살 만해요.
그래도,
이렇게 오래 살았잖아요.

그냥 살래요.
저 아이들이 나더러 지들이랑 그러재요.
그래서
그럴래요
그냥.

# 3mm의 산문

운동장을 거닐다가 땅바닥에 무엇인가 움직이는 것이
있어
쪼그려앉았습니다.
3mm나 될까, 연둣빛 투명한 아기벌레였습니다. 여치
인지
방아깨비인지, 얼마나 여리고 작고 그 빛이 순정하던지.
너는 어디서 왔니?
너는 어디서 왔어?
물어봅니다.
나는 너무 크고 벌레는 너무 작아
도저히 눈 맞출 수 없어
나의 말이 그 벌레에게 닿지 않아 그의 답을 듣지 못합
니다.
두 손으로 땅을 짚고 엎드려
벌레를 따라갑니다.
바람이 붑니다.
내 눈이

푸르게 물들어오는

이 저녁.

# 빈 속

거미줄이 얼굴에 걸립니다.

미안하게도 오늘 제가 처음인가봐요.

까만 오디가 떨어져 있습니다.

툭, 떨어진 모양 그대로입니다.

흰 새똥이 떨어져 있습니다.

똥 부근 흙이 젖었습니다.

때죽나무 흰 꽃잎이 가만히 떨어져 있습니다.

그림자도 없습니다. 꽃나무를 올려다봅니다.

바람이 없었나 봐요.

새가 걸어갔습니다.

왼쪽 가운데 발톱 하나가 빠졌나봅니다.

새가 마른 낙엽을 밟고 지나가는 바스락 소리, 배가 고

픕니다.

가만가만 걷는 내 발소리가 들립니다.

다 버리고 내 발소리만 데리고 어디만큼을

갑니다.

# 실천

밤새워 생각들을 뒤적이다가
아침에 일어났더니, 창밖 벚꽃들이 자글자글 피어난다.
꽃들이 나보다 훨씬 빠르다.

# 눈이 그린 길

낯선 마을에 눈 온다.

가만가만 내리는 눈발을 헤치고

네 얼굴을 찾는다. 네 얼굴은 보였다가 숨고 다시 나타
나면 눈이 너를 가져간다.

바람이 부느냐, 눈은 내리면서 때로 허공에 수평으로
눕고

높은 산 벽을 눈발들이 들이받는다.

새들은 마을 가까이 내려와 가난한 마을 처마 끝을 헤
집고

네 얼굴에 너는 너를 숨기고

새들은 추운 제 날개깃에 제 머리를 모로 꺾어 숨긴다.

오! 네 눈을 보고, 네 눈 속에서 나는 너를 찾고

너는 저쪽 눈발 속에 몇개의 표정으로 눈을 맞으며 나
무처럼 서 있다.

보고 싶은 얼굴, 그리운 얼굴, 어여쁜 얼굴, 슬픈 얼굴

눈은 그렇게 너를 그리고 또 지운다. 끝내 슬프구나.

눈은 굵어졌다가

다시 가늘어지고

긋다가 지우고

그쳤다가 다시 오고

수직으로 천천히 흰 선을 긋는다.

새들이 날아올라 빈 나뭇가지에 웅크리고 앉아

부리에 묻은 흙을 털고 다시

눈 쌓인 땅에

한 마리 두 마리 내려와

떼가 되어 날아올라 마을을 한 바퀴 돌고

눈송이들은 허공에 누웠다가 바로 서며

서성이다가 지상에 발을 내린다.

늘 길이 먼저 눈을 받아 길을 그린다.

눈이 그린

그 길을 걷는다.

# 지장암

밤낮으로 퍼렇게
우는 소나무들을 어떻게 다 달래시는지요.
달 뜬 마당에 서면 때로 발밑까지 밀려와 보채는 저 짠
바닷물은 무슨 수로 달래 돌려보내시는지요.
큰 바위 속에 들어앉은 부처님을 불러내실 때는 아무
도 몰래 얼마나 가슴을 치시는지요.
우루루루 잠자리로 굴러오는 내변산 바위들 틈에서
어떻게 숨을 고르게 내쉬어 작은 연못 연꽃을 피우시
는지요.
가을이면 하늘 한구석을 잘 닦아 쑥부쟁이꽃을 피워
두고
우리더러 꽃 봐라! 꽃 봐라! 꽃을 보라 하시는지요.
꽃이 어둠이라는 것을 나는 오래오래 몰랐답니다.


매화 피면 매화꽃 피는 데로 가고
구절초꽃 피면 구절초가 핀 데로 가고
소쩍새 툇마루에 찾아와 울면 소쩍새 불러 곁에 앉혀

놓고 울게 하고

아! 그렇게 까만 밤이 하얗게 될 때까지 생나무 가지 끝에 붉은 꽃이 터질 때까지 울어나볼걸, 실컷 울어나볼걸…… 울지도 못하고 나는 벌겋게 마른 감잎 위에 내리는 싸락눈 소리에 가슴만 쓸어내렸답니다.

사랑하면 사랑하는 데로 가는 것들은 저절로 꽃으로 피었다가 꽃으로 지지요.

가면 오고 오면 가듯 지면…… 또 피지요.


다 무심이다.

무심한 삶을 견디지 못한 사람들이 산을 찾아 진달래 아래에서 놀다가 눈이 멀어

하산길을 찾지 못합니다. 가련하게도, 삶이여! 뜻밖에 꺼지는 절벽같이 끝모를 삶이여! 고개 들어 보면 산이 돌아앉아 있을 뿐입니다.


봄은, 왔다가 가는 봄은, 이 세상 살아 있는 모든 것들

에게

　제 몸보다 무거운 바람을 한짐씩 짊어지게 합니다. 그
짐이 꽃이려니, 꽃이려니.

# 달을 건져가네

달 떴네.

꽃 지는가.

내 얼굴이 흐리네.

물살은 거세고

달은 떠내려가네.

어느 굽이인가

메마른 손이

달을 건져가네.

# 야반도주

한밤에 깨어나
꽃 만발한 지리산 골짜기를 뒤적이기 싫다.
살구꽃도, 벚꽃도, 늦게 핀 매화꽃에게도 나를 들키기
싫다.
섬진강 곁을 지나왔다.
물때 긴 잔자갈밭을 지나는 물소리들 중 더러 깨어 있
는 것들이 나를 알았다 한들,
이 한밤 깨어 있는 것들은 제 슬픈 노래의
한 곡조도 틀지 못한다.
한치 앞을 밝히며 어둠속을 단숨에 달린다.
터지려는 숨을 참고 참다가 구례 산동 지나 비탈길 올
라채며
숨 몰아쉬고, 남원이다.
꽃들은 피겠지.
아! 끝모를 슬픔을, 가슴 밑바닥에서 복받쳐오는 슬픔
을 너는 가졌느냐.
하얀 버선발로 검은 바위를 홀홀 건너뛰어라.

춘향아,

물오른 광한루 수양버들 가지를 타고 내려와 한 잎 치
맛단을 적시며

이 산 저 산 꽃이 피는 단가로

진정코 봄이 왔다고

어디다가 네 눈물을 다 쏟겠느냐.

끝까지 차오른 울음을 참고 참아

어찌 노고단 고개 바라보며 핏대 세운

강도근* 목소리로 네 슬픔을 삼겠느냐.

그리하여, 나는 세상의 끝에 와 있다.

온몸으로 이 산을 치고 저 산을 때리며 부서지는

구룡폭포 물소리같이 흩어지는

내 외로움도, 내 슬픔도, 내 울음도, 그러나

나는 세상에 들키기 싫다.


* 동편제 소리꾼.

# 가뭄

가을볕이 좋다. 한없다. 햇볕 아래 앉아 이렇게 저렇게 손을 말린다. 열 개의 발가락을 벌려 말린다. 아, 입을 벌려 입속을 말린다. 사람의 마음을 뒤집어 보일 수만 있다면 나는…… 메마른 입술 바스라지는 가슴, 풀잎들이 돌아눕는다. 산을 넘어오는 바짝 마른 길이 내 발끝에 와닿는다. 바람에 끌려가는 불쌍한 나의 사랑 그리고 나의 시…… 바람도 없고, 오가는 이 없는 빈 들이 멀리까지 쓸쓸하다. 사랑, 말하지 말라. 어디서 오든, 어디로 가든, 오늘은 마른 가을이다.

# 구이

산자락마다 꽃들이 흐드러집니다.

다가가서 바라보면 어지럽고 멀찍이 떨어져 바라보면 아찔합니다. 까만 가지 끝에 핀 꽃일수록 아슬아슬 더 붉고 꽃빛은 숨이 턱에 찹니다. 이러다가 자지러지겠어요. 이러다가는 저 꽃이 생사람 잡겠어요. 저 꽃빛에 홀려 따라가다가는 숨넘어가겠어요. 아니, 내가 시방 홀렸지요. 제정신이 아니지요. 이러다가 저 아리아리한 저 꽃빛에 캄캄하게 눈멀겠어요. 어찌하여, 어쩌자고, 이 시절 저 땅이 저렇게 도화살로 사람 죽이는 무릉도원인지. 환장하겠네요.

내 숨결은 단내가 나고
내 손은 지금 땀이 찹니다.

평화동 사거리에 나는 서 있습니다.
바람은 어디서 오는지,
바람이 불자 치맛자락이 살짝 흔들리고 당신의 희고

고운 손이 꽃가지처럼 살짝 드러났습니다. 산그늘 속에서 연분홍 꽃잎들이 당신을 향해 후루루 날아옵니다. 당신은 몸을 수그리고 얼른 치맛단을 잡아올려 꽃잎을 받습니다. 치마폭 깊이 소복하게 쌓인 꽃잎들, 환하게 웃는 당신, 오! 꽃빛을 받은 그대 고운 얼굴, 무엇을 보았는지 당신은 화들짝 놀라며 치마폭을 놓아버렸습니다. 꽃잎들이 땅에 닿기 전에 후후후 날아올랐습니다. 당신도 꽃잎을 따라 그렇게 날아올라 산으로 갔습니다.

산그늘 속 아슬아슬한 절벽에 한 그루 산복숭아나무꽃이 만개하고 있습니다. 한겹 또 한겹, 산이 환하게 개는 것을 나는 보았습니다.

당신이 누구인지 나는 모릅니다. 당신이 보고 놀란 것이 무엇인지도 모릅니다. 모릅니다. 모르는데도, 모른다고 해도 꽃은 핍니다.

구이(九耳)

나는 지금 꽃피는 구이로 갑니다.

# 길

지금

어디서 어디만큼 왔습니까. 또 어디로 가고 있습니까.

여긴 어디고 한발 내디뎌 거긴 어디랍니까.

바람 앞에 앉아 숲입니다. 바람 부는 숲이지요.

이 길도 평지를 지나 산굽이를 돌고 고개를 넘어 올라

갈 때가 있으면

내려갈 때가 있겠지요.

가본 길이 세상에 있기는 있을까요.

길에는 노란 잔디나 푸른 잔디가 누워 있어도 좋고

발길에 잔 돌멩이들이 채여도 좋지요.

돌멩이들은, 채이면 서로 부딪쳐 희게 눈을 뜨며 아침

에 울지요.

생소한 것들이 눈에 들어섭니다. 그러나 길은 닮아서

어디서 많이 본 듯도 한 나무들이 내 쪽으로 돌아섭니다.

나무가 나무 뒤로 숨기도 하네요.

저 모습이 어디서 본 듯도 하여 전혀 낯설지는 않지요.

서 있는 나무들이 낯익다는 것은 생시라는 뜻이겠지요.

사는 게 순간이지요. 바람이고, 티끌이지요. 뜻 없지요.

때로 너무 느닷없고, 뜬금없고, 아슬아슬 무구하지요.

그러나 감당 못한 슬픔을 나는 아직 보지 못했답니다.

모르지요. 몰라서, 다 몰라도 나는 갈래요.

인생도 사랑도 가면 막힌 듯 벼랑 끝이지만,

한발 내디뎌 새 땅이 세상에서 오지요.

천길 만길 허공속에 한발 디뎌 찾은 그 길,

　세상의 모든 사람들이 가다가 끝내 이르지 못하고 죽었다던,

　오래된 그 무서운 길, 길이 없다는 그 사랑의 길을 가볼랍니다.

# 두메산골

눈 왔다

일없다

눈 녹아

떨어지는

낙숫물소리

일없이

똑 똑 똑

쪼르르 촘방!

처마 밑

땅을 판다

심심하다

그만

밥 먹자고

부른다.

# 금화

성은 문, 이름은 금화, 이름이 좋다.

금화 작은형은 금도였다.

큰형은 갈지자로 걷는 한길이다.

대보름 아침이면 금도 형이 우리집으로 와서 내 연을 만들어주었다.

쌍둥이네 연과 내 연은 앞산 꼭대기에서 은빛으로 다투며 반짝거렸다.

금화네 초가 마당에 배나무가 있고, 배나무 옆 큰 바위에는 이끼들이 파랗게 자랐다. 겨울 마당에는 햇볕이 좋았다. 설날이면 동네 사람들이 마당에 모여 동전치기를 하며 놀았다.

뒤란 너덜겅에는 노랗게 탱자가 익고 어머니는 금화네 탱자가시를 따다가 콧김을 쏘인 후 내 곪은 종기를 땄다.

금화는 내 동갑이었다. 천질을 앓았다. 어느해 자살을 기도해, 온 동네가 발칵 뒤집힌 적이 있다. 애기지게를 지고 제 키보다 큰 작대기를 짚고 되뚱되뚱 강 길을 가던 금화를 생각하면 슬픔이 강물처럼 내 발밑까지 물결진다. 지금 살아 있으면 환갑이다.

환갑이라고 쓰니, 환갑이 서럽다.

우리 동네 내 동갑은 현철이, 금화, 태수, 재선이, 재석이, 나 이렇게 여섯이다.

같은 동네에서 같은 해에 태어났으나, 금화는 청년으로 일찍 죽고

마을 앞 강변 돌멩이들같이 정다운 이름 넷은 여기저기서 따로따로 늙는다.

# 그 여자 생각

가만히 앉아 있으면 창문으로 들어 온 선선한 바람이 나를 스치고 지나간다. 향기롭고 보드라워서 두 손을 내밀어 바람을 잡는다. 만무(萬無)다. 가만히 앉아 있으면 또 바람이 창문으로 들어와 내 얼굴을 스친다. 손을 내밀어, 잡는다. 만무다. 이렇게 눈감고 바람하고 놀 때는 생이 꿈인지, 꿈이 생인지 분간이 안 간다. 꿈을 깨려고 창밖을 내다보면 아이들도, 바람을 잡으러 뛰어다닌다. 까만 머리칼이 휘날린다. 문득 한 아이의 손이 보인다. 나비 한 마리가 날아간다. 흰나비는 날아가지만, 나풀나풀 땅에 닿을 듯 날아가지만, 아이들은 나비를 잡으려 하지 않는다. 가을이라 다 물들고, 다 진다.

배추, 텅 빈 들에 파란 배춧잎에 흰 서리가 내렸다.

해 저문 텅 빈 들판 끝에서 한 처녀가 배추를 머리에 이고 온다. 펄럭이는 치맛자락, 소쿠리에 담긴 배춧잎이 출렁거린다. 너울너울 춤을 춘다. 산밑 작은 마을, 여자는 사랑의 합의를 본 듯 발걸음이 경쾌하고 몸은 싱그러워진다. 그 여자, 깜박, 꿈이다.

# 오래된 사진 한 장

텃밭
무 구덩이 옆에
장다리꽃 피었다
사진사 찾아왔다
수남이 누님,
요순이 누님,
삼순이 누님,
영자 누님,
순자 누님,
장다리꽃 앞에 두고
사진기 앞에
한 줄은,
한쪽 무릎 세워 앉고
한 줄은,
뒤로 나란히 섰다
배추흰나비 날아들고
하나, 둘, 예, 예, 저 뒷분, 네, 고개를 오른쪽으로 사알짝

예, 예, 됐습니다. 자 찍습니다. 자 다시 한번 살짝 웃으
시고
네, 하나 둘 셋, 찰칵 사진 찍었다
검정 치마
무명 흰저고리
반듯한 이마, 이마 너머 가르맛길로 나비가 날아간다.


슬프고
애잔해라 웃는 듯 마는 듯 저 봄날,
색바랜
사진 한 장

# 옥희

우리 옥희씨, 산골 작은마을 초가삼간에서 태어났네.

뒤란에는 붉은 감잎이 지는 우물이 있었지.

우리 옥희씨, 엄마젖 떼고 보리밥 먹고 방귀 뀌면

똥구멍으로 보리알이 튀어나왔어.

빵꾸난 깜장고무신 신고 학교 다녔지.

공책 사려고 돈 대신 달걀 주머니에 넣고 가다 달걀 깨고

어머니한테 직사하게 맞고 강가에 나와 울었지.

우리 옥희씨, 돈 없어 중학교 못 가고 오빠 따라 서울 갔지.

서울 가서 방직공장 다녔어.

방직공장 다니다가 머릿기름 바른 가짜 대학생과 결혼했지.

단칸 셋방에서 아이 둘 낳았어. 지독했지.

소태나무 껍질보다 더 쓴물이 고이는 그 세상 세월 말을 마시오.

(중간은 생략)

아들딸 다 커서 장가들고 시집갔지.

지금 나이 예순둘.

다 늙었어.

인생 쓴맛 단맛 이 꼴 저 꼴 다 본 우리 옥희씨, 거울 보니, 폭삭 늙었어.

이제 세상만사 하나도 두려울 것 없는

예순둘 징헌 나이 되었지.

사랑하는 우리 옥희씨의 일생이 역사였네.

일일이 긴 소설이었지.

고두심 주연 일일연속극 어머니였어.

송대관의 유행가랑게.

한 편의 영화였어.

주름진 얼굴, 거친 손길, 문드러진 가슴, 그래도 오래된 한국사람처럼 웃는

사랑하는 나의 옥희씨.

내 누이였고, 내 어머니였어, 내 눈물, 내 기쁨, 내 행복, 바로 너였고 나였어.

우리들의 뜨거운 사랑이었어.

사랑하는 우리의 여인

구슬 '옥'자

기쁠 '희'자

옥 희 씨.

# 얌쇠 양반

우리 아버지랑
일본으로 징용 갔다왔다.
아버지보다 일본말 잘했다.
평생 상고머리였다.
나뭇짐, 풀짐 거칠어
나뭇짐 지고 산길 내려오면
동네 사람들 그가 누군지
먼데서도 다 알았다.
지게 위의 거친 풀들이 발길 따라 춤을 추었다.
늘 홀로 나무하고 풀했다.
내가 알기로
평생 서울 간 적 없다.
가난하고, 가난하고, 한없이 가난하지만
동네 인심
그이만큼 더럽히지 않은 사람도 없다.
눈빛이
착하고 선한

우리나라 농부로,

오염 안된 우리나라 자연으로,

한일자 一평생으로

흔적없이 잘살았다.

# 조락으로 가다

쇠락을 아느냐?
쇠락을 찾으면
조락으로 가란다.
조락을 아느냐?
조락으로 가면
조락은 시들어 떨어지다,라고 이른다.
큰방 작은방 부엌문 다 떨어져나가고
벽들은
허물어져
남풍 북풍
다 지나가는 집
우리 뒷집
서까래가 부러져
지붕 흙이
조락쇠락 쏟아진다.

# 마을회관

이월매조다
팔월공산이다
똥 안 먹고
뭐한다냐.
하루종일
80원 잃었다.

# 진달래꽃

진달래꽃은 슬프다. 애잔하고, 애틋하고, 애닯다. 진달래꽃은 서럽다. 허기지고, 배고프다. 진달래꽃은 식민지, 나라, 조국, 독립군, 이별, 초가 아래 가난한 어머니, 유랑, 사랑을 고백 못하고 딴 데로 시집가는 누님의 감춘 눈물, 지게 지고 산 넘어오는 나무꾼이 생각난다. 도망, 억울한 사랑, 머슴과 주인집 딸, 지게, 짚신, 신동엽이 생각난다. 진달래꽃은 아직도 슬프다.

# 오동꽃

다 꽃피면 지겠지요.
꽃 다 지면 가겠지요.
가면 아니 오겠지요.
온다 간다 말 줄였지요

# 꿀먹은 벙어리

민주화가 되었느냐

내 민주화는 안되었다

꿀을 먹었느냐

왜 먼산만 보며

곪은 데 딴 데 두고, 딴소리냐

벼는 불타고

소는 눈에 깔려죽고

캄캄한 눈보라 속에 폭죽이 터지고 풍악이 울리며

새만금 승리! 만세! 만세! 만세! 만세삼창을 외친다.

앞산 눈 쌓인 소나무가 우지끈 뚝딱 중동이 부러진다.

너는 그쪽 넓디넓은 땅에 있고

나는 이쪽 난간에 간신히 서 있다

꿀을 먹었느냐

속 시원히 말 좀 해봐라

말을 좀 해봐라

# 달콤한 사랑

한 여자가 사랑을 보내오는 그 눈부신 얼굴을 사랑하라
그 찰나에 눈멀어라
세상이 반짝 깨지는 주위 환한 말을 사랑하라.
소낙비가 내리는 숲속의 그 온갖 수런거림을,
그 숲에서 태어나는 수천 수만의 말들을 사랑하라.
그 여자를 사랑하라. 그 여자의 솜털 하나, 그 끝에도
불을 켜라.
사랑은 밤하늘의 별을 사랑하는 일이니, 잠들지 마라.
솔숲에 바람이 일고 햇살이 찾아왔다. 이파리들이여
발광하라.
오! 말들이 살아나는구나.
터질 것 같은 사랑으로 가득 찬 여인이 내미는 손끝으로
뜨거운 피들이 몰려 툭툭 터지던
그 희고 고운 정열의 아름다운 꽃, 꽃 이파리들, 환희여!
온몸이 떨리는 그 감미로운 전율이 꽃이 되는
봄밤을 사랑하라.

# 앞동산에 참나무야

앞동산의 어떤 나무는 오늘 새롭고
뒷동산 어떤 나무는 지금 낯설다.
그런데 또
저 참나무는 어제 그대로구나.

# 그네

한없이 가벼워지기로 한다.

죽음은 아니더라도 그 근처처럼 생략도 해야지.

고통은 죽음을 향한다. 보아라! 모든 끝은 뜨겁게 타며 꽃이다.

아이들이 그네를 향해 달리는 저 봄날처럼

꿈은 하찮아서 때로 서럽고 아름답지 않느냐.

지금은, 나는 날아오를 것 같다

날아올라 허공에 팔 베고 모로 누워서

구름처럼 흐를 것 같다.

이 세상에 무게가 있는 것들은 다 가라앉는다.

사람들이 세상을 지나가며

땅과 하늘과 종이와 화면에 그리는 저 순진무구한 짓들이

얼마나 부질없는가. 물은 위대하고, 길은 쉽게 지워진다. 하늘 아래 나무가 서 있다.

사람이 이룰 것은 없고, 저 산 무덤들은 고요하다.

나는, 다만, 지금

아이들이 그네를 향해 뛰어가는 저 경쾌한 몸짓의 무한한 아름다움의 뜻을 이해한다.

이루려 하지 말라. 네가 이룬 것으로 사람들은 고통받는다.

생각하라! 가치있다고 믿는 것은 하나같이 지상에 욕이다.

빈 그네가 눈부시다.

아이들은 지금 제 뒤를 지우며 그네를 향해 마구 달려간다.

# 2월

방을 바꿨다
한 개의 산봉우리는 내 눈에 차고
그 산봉우리와 이어진 산은 어깨만 보인다.
강과 강 건너 마을이 사라진 대신
사람이 살지 않은 낡은 농가가 코앞에 엎드려 있다.
텅 빈 헛간과 외양간, 분명하게 금이 간 슬레이트 지붕,
봄이 오지 않은 시멘트 마당에
탱자나무 감나무 밤나무 가지들이 바람에 뒤엉킨다.
봄이 아직 멀었다. 노란 잔디 위에서 떠드는 아이들 소리가 등뒤에서 들린다.
계절과 상관없이 아이들은 늘 햇살을 한짐씩 짊어지고 뛰어다닌다.
방을 바꿨다.
방을 바꾼다고 금세 삶이 바뀌지 않듯 풍경이 바뀐다고 생각이 금방 달라지진 않는다.
눈에 익은 것들이 점점 제자리로 돌아가고
그것들이 어디서 본 듯 나를 새로 보리라.

날이 흐려진다.

비 아니면 눈이 오겠지만

아직은 비도 눈으로 바뀔 때,

나는 어제의 방과 이별을 하고

다른 방에 앉아

이것저것 다른 풍경들을 눈여겨보고 있다. 나도 이제
낡고 싶고 늙고 싶다.

어떤 이별도 이제 그다지 슬프지 않다.

덤덤하게, 그러나 지금 나는 조금은 애틋하게도, 쓸쓸
하게

새 방에 앉아 있다.

산동백이 피는지 문득, 저쪽 산 한쪽이 환하다. 아무튼,
아직 봄이 이르다.

# 산중에서 며칠

내가 온 곳은

하루가 멀다 하게 눈이 오고, 눈이 오면 산길이 먼저 하얗게 드러났다가 먼저 녹았다. 길은 외길로, 산을 넘는다. 눈 위로 얼굴을 내민 작은 돌멩이 얼굴이 젖어 있다.

내가 보기에, 숲은 날마다 가만히 있다. 어제 본 소나무와 너도밤나무와 박달나무들이

오늘도 그 자리에 서서 나와 같이 저녁 눈을 맞고, 한번 누운 겨울 풀잎은 일어나지 못한다.

길은 때로, 나에게로 와서 밟히고 내 뒤로 사라진다.

바람이 불고, 말을 안한 지 며칠 되었다. 나무들이 내 몸에서 말을 꺼내간다.

말할 사람이 없어, 아침이 너무 쉽게 와서 입에서는 하얀 입김이 나온다.

나무들아! 하루종일 세상을 위해 할 말이 없는 아름다움을 너희들은 아는구나. 나무들을 끝까지 올려다본다.

아!

끝이 어둠이라는 것을 알 만도 한데

도랑물은 얼음 밑으로 흐르며

돌부리에 사무친다. 오늘은 눈이 왔다가 녹고 눈이 또 오는 길을 걸어갔다가 돌아왔다. 길은 산 아래로 보였다 안 보였다 굽이굽이 이어져 있지만, 산 아래 마을 몇가옥 눈 녹은 남쪽 지붕은 무심했다.

밤이 와도, 의외다. 산으로 간 길은 환하다. 혼자 타박타박 걸으면 내가 나무가 되기도 하고, 산이 되기도 하고, 눈이 되어 내리기도 하고, 신기하게도 내가, 내가 되기도 한다. 말이 생기면 그 말이 소용없을 때까지 걸어갔다가 돌아와 불도 켜지 않고 잠을 잔다. 잠은 캄캄하고, 깊고, 초저녁 누운 그대로 일어난 아침, 빨리 온 아침은 밝고 내 몸은 환하다.

때로 잠이 안온다. 나는 맑고 희다. 눈송이가 될 것 같다. 공중에 뜰 것 같고, 날아간다. 나뭇가지 사이를 지나, 마른 소나무 잎새를 지난다. 사이는 아름답다.

마음이 시켜 산 하나를 넘어 해 저문 데까지 따라갔다가 돌아오면

나를 따라온 나무와 산새들이

내 길을

다 지우고 울며 돌아간다.

돌아보지 않고 바라보지만 않는다면 딛고 선 삶은 나무처럼 아름다우리.

두고 온, 그곳

내가 온,

이곳.

# 오리 날다

밤이 오기 전 초겨울 강 언덕에서 하얀 억새가 새가 되어 날아가는 것을 너는 보았느냐.

산을 덮어오는 저 느린 어두움의 적막을 보는 자만이 강 깊이 가라앉아 눈뜬다.

부드러운 물결 위로 살 풀린 네 몸을 띄워보내라. 산 것이 죽고 죽은 것이 사는 물결을 타라.

물을 차고 날아오르는 환생은 눈부시나니. 나무들은 네게 등을 준다. 바람결에 네 몸을 실었느냐.

오! 눈이 감겨오는 감미로운 바람이여! 달콤한 입술이여!

흔들리는 듯 마는 듯 저 언덕의 흰 억새여! 순간이여! 그리하여 눈 감기나니,

너는 날고, 어서 오라. 새들은 저 초저녁 강 언덕에서 자유다.

# 하동 배꽃

긴가민가 아른아른 아른거리고
간 지 온 지 한들한들 웃기만 하네.
흩날리는 한점 꽃잎 잡아
강물 위에 어른어른 띄워놓고
산들산들 부는 바람에
발 헛디디며 나는 왔네.

# 춘설

청매 홍매

꽃밭에 눈 날리네.

지상에 헛짓인

저 지랄 난분분

미친년 데리고

산은 도망갔네.

내놓은 살에

오 소 소

개방울 돋네.

# 꽃피는 초원에 총 쏘지 마세요

꽃피는 초원에

총 쏘지 마세요.

꽃피는 나무에 포탄 쏘지 마세요.

새들이 날아다니는 하늘에

총질하지 마세요.

우리 엄마는 아기 가졌어요.

우리 엄마에게 총 쏘지 마세요.

내 동생은 두살,

아직 걷지도 못해요.

내 동생에게 총 쏘지 마세요.

제발 포탄 쏘지 마세요.

전자폭탄에 친구들이 죽어가요.

검은 화염에 친구들이 불타 죽어요.

우리가 놀던 골목길에 폭격하지 마세요.

고막이 터질 것 같은 폭격소리 정말 무서워요.

우리를 향해 날아오는 저 포탄들,

학교가 부서지고

내가 살던 집이 불타고

거리마다 사람들이 피 흘리며 죽어가요.

엄마들이 쓰러져요.

아빠들이 쓰러져요.

동생이 부러진 팔로 엄마를 부둥켜안고 울고 있어요.

친구들이 피투성이로 도망가요.

제발, 제발 도망가는 친구들에게 총 쏘지 마세요.

나무들이 서 있어요.

나무에게 폭격하지 마세요.

풀밭에 아이들이 맨발로 뛰어놀아요.

나비가 날아다니고,

새들이 둥지를 찾아가요.

파란 풀잎 위로 걷는 아이들의 맨발에 총 쏘지 마세요.

하늘이 찢어지고 나무들이 쓰러지고

나비 날개가 찢어져 바람에 흩어져요.

무서워요.

제발 폭격하지 마세요.

아빠 엄마 동생 손잡고 티그리스 강에 놀러 가고 싶어요.

아아아, 무서운 총소리, 무서운 포탄소리,

집 허물어지는 소리, 아우성치는 사람들의 소리,

엄마 아빠 동생 죽고 나면 나는 누구랑 살아요.

새 나무 나비 다 죽고 나면 나는 누구랑 살아요.

무서워요 정말 무서워요.

제발 폭격하지 마세요.

무서워요 정말 무서워요

우린 힘이 없어요.

우린 죄가 없어요.

꽃이 피는 초원에

총 쏘지 마세요.

폭격하지 마세요.

사람들을 죽이지 마세요.

우리들이랑 노는 꽃들을 죽이지 마세요.

우리들이랑 노는 나무들을 죽이지 마세요.

발가벗고 도망가는 아이에게
제발 등뒤에다 총 쏘지 마세요.

## 시인의 말

봄이다.
한 가지로 너무 오래 살았다.
모두 낡았다
사랑도, 시도, 눈물도, 정치도, 경제도, 철학도,
종교는 통제불능이다.
산은 말문을 닫고,
물가에 서서
내 손이 암울하다.
뒤뜰에 핀
매화 한 송이가 무심치 않다.
무심할 리가 없다. 어찌 무심하리.
꽃 보듯 나를 보라!
무궁무진 무질서의 아들인 시여!
그런데,
봄이다.

2009년 3월 초
풀잎 돋는 강변에 엎드려
김용택 삼가 씀.

김용택 시집
수양버들

초판 1쇄 발행／2009년 3월 25일
초판 2쇄 발행／2009년 5월 20일

지은이／김용택
펴낸이／고세현
책임편집／김정혜
펴낸곳／(주)창비
등록／1986년 8월 5일 제85호
주소／413-756 경기도 파주시 교하읍 문발리 513-11
전화／031-955-3333
팩시밀리／영업 031-955-3399 · 편집 031-955-3400
홈페이지／www.changbi.com
전자우편／literat@changbi.com
인쇄／한교원색

ⓒ 김용택 2009
ISBN 978-89-364-2719-1  03810

* 이 책 내용의 전부 또는 일부를 재사용하려면
  반드시 저작권자와 창비 양측의 동의를 받아야 합니다.
* 책값은 뒤표지에 표시되어 있습니다.
* 이 책의 인세 1%는 🌸아름다운재단 The Beautiful Foundation 에 기부됩니다.